CATALOGUE

DES

LIVRES EN NOMBRE

ET DE

QUELQUES LIVRES ANCIENS

COMPOSANT

LA LIBRAIRIE TROSS

VENDUE PAR SUITE DU DÉCÈS DE M. **Edwin Tross**

TROISIÈME PARTIE

DONT LA VENTE AURA LIEU

Le lundi 13 mars 1876 et jours suivants à sept heures du soir

Rue des Bons-Enfants, 28, salle Silvestre

Numéro 1

Par le ministère de Mᵉ MAURICE **DELESTRE**, commissaire-priseur

Successeur de Mᵉ DELBERGUE-CORMONT

Rue Drouot, 23

PARIS

AD. LABITTE, LIBRAIRE	LIBRAIRIE TROSS
4, RUE DE LILLE.	5, RUE NEUVE-DES-PETITS-CHAMPS.

1876

Paris. — Imprimerie Georges Chamerot, rue des Saints-Pères, 19.

CATALOGUE

DES

LIVRES EN NOMBRE

ET DE

QUELQUES LIVRES ANCIENS

COMPOSANT

LA LIBRAIRIE TROSS

VENDUE PAR SUITE DU DÉCÈS DE M. **EDWIN TROSS**.

ORDRE DES VACATIONS.

Première vacation. — *Lundi 13 mars 1876.*

Ouvrages divers : 1 à 71.

Deuxième vacation. — *Mardi 14 mars.*

Livres en nombre : 72 à 104.

Troisième vacation. — *Mercredi 15 mars.*

Livres en nombre : 105 à 145.

CONDITIONS DE LA VENTE.

La vente se fera au comptant, 5 % en sus des enchères.

Il y aura, chaque jour de vente, de DEUX à QUATRE heures, exposition des livres composant la vacation du soir.

Les réclamations devront être faites au plus tard dans les vingt-quatre heures qui suivront la vacation. Passé ce délai, les articles adjugés ne seront repris pour aucune cause.

CONDITIONS POUR LES LIVRES EN NOMBRE.

Les Livres en nombre seront vendus sur le prix d'un exemplaire, à la charge par l'acquéreur de prendre les autres exemplaires au même prix.

Les exemplaires en papiers supérieurs seront vendus séparément.

Les clichés seront vendus avec les exemplaires en papiers ordinaires.

Les volumes séparés seront considérés comme défets et appartiendront à l'adjudicataire de chaque article.

Les livres, vendus sur échantillons, seront livrables aux acquéreurs à la librairie Tross, 5, rue Neuve-des-Petits-Champs, dans les deux jours qui suivront la vente. On devra en signer une décharge.

Les enchères devront être de 10 centimes au moins.

Le libraire chargé de la vente et M. HERMAN TROSS rempliront les commissions des personnes qui ne pourraient y assister.

Paris. — Typographie Georges Chamerot, rue des Saints-Pères, 19.

CATALOGUE

DES

LIVRES EN NOMBRE

ET DE

QUELQUES LIVRES ANCIENS

COMPOSANT

LA LIBRAIRIE TROSS

VENDUE PAR SUITE DU DÉCÈS DE M. **Edwin Tross**

TROISIÈME PARTIE

DONT LA VENTE AURA LIEU

Le lundi 13 mars 1876 et jours suivants à sept heures du soir

Rue des Bons-Enfants, 28, salle Silvestre

Numéro 1

Par le ministère de Mᵉ MAURICE DELESTRE, commissaire-priseur

Successeur de Mᵒ DELBERGUE-CORMONT

Rue Drouot, 23

PARIS

AD. LABITTE, LIBRAIRE	LIBRAIRIE TROSS
4, RUE DE LILLE	5, RUE NEUVE-DES-PETITS-CHAMPS.

1876

M. Tross l'aîné, Charles-Théodore-Edwin Tross,
que la librairie et les lettres ont perdu le 26 août dernier, a laissé de vifs regrets aux amateurs des bons et
beaux livres. C'était un bibliographe des plus ins-
truits, des plus consultés par les savants, comme par
les bibliophiles, et dont la vaste mémoire n'était
jamais en défaut. Né à Hamm, en Westphalie, le 25
août 1822, il fit de solides études dans le gymnase
de cette ville où son père, le docteur Ludwig Tross,
était professeur de philologie, et fort distingué comme
érudit. On a de Ludwig Tross un grand nombre de
travaux, dont le premier fut une étude sur Ausone, et
le dernier, paru l'année d'après sa mort, en 1865, une
édition de la chronique de Saxe (1), qui contient à la
fin de la préface une notice sur la vie de l'éditeur et
ses principaux ouvrages.

Edwin Tross hésita d'abord entre l'étude de la théo-

(1) *Wernerus Rolewinck Laerensis, ord. Carthus (funct. 1502). De Laude
Veteris Saxoniæ nunc Westphaliæ dictæ...* im original Text mit deutscher Ueber-
setzung, herausgeg. von Dr L. Tross weiland Oberlehrer am Gymnasium zu Hamm.
Köln, 1865, Heberle, in-8.

logie et celle des livres. Après avoir passé quelques mois dans une librairie de Wesel, il entra, en 1840, dans la célèbre maison Baedecker à Essen, où il resta commis durant trois ans; mais, en 1843 et 1844, il alla suivre à Bonn les cours de l'Université. Enfin il se rendit à Paris, et de 1844 à 1850, il fut un des employés de la librairie Franck et Avenarius. En 1851, il s'établit à son tour, et sa librairie, modeste en apparence, vit passer sur ses tablettes les plus précieux ouvrages imprimés ou manuscrits. Chaque année il parcourait quelque contrée de l'Europe : il visita maintes fois tous les coins d'Allemagne, de Suisse, d'Angleterre, de Danemark, de Russie, d'Italie, d'Espagne, où l'on pouvait espérer des trouvailles bibliographiques, et chaque fois il revenait avec des trésors dont les heureux Parisiens avaient la primeur. Les vingt volumes in-8 que forme la série des catalogues publiés par Edwin Tross et par M. Hermann Tross son frère, de 1851 à 1875, prouvent la justice de cet éloge, car ils constituent une source de raretés et de curiosités qui restera précieuse pour l'étude. Edwin Tross parlait et écrivait toutes les langues de l'Europe occidentale et s'était créé de nombreuses relations en Amérique. La bibliographie américaine lui doit beaucoup, et il avait reçu le titre de membre de la Société historique de Québec. Il avait aussi rendu des services en Italie, car il avait reçu du roi Victor-Emmanuel la croix de chevalier de Saint-Maurice et Saint-Lazare. En Allemagne il avait pris part à la publication du *Serapeum*, dans lequel il inséra surtout de nombreux articles de bibliographie. En France, il a publié lui-même deux jolis ouvrages, les *Cent cinq rondeaulx d'amour* (1863) et les *Œuvres de Louize Labé*, en caractères de civilité (1871); mais il a surtout prêté son appui comme libraire-éditeur à bien des publications excellentes qui toutes figurent dans le présent catalogue.

Il nous suffira de rappeler ici : *les Archives de l'art français* (2ᵉ série), publ. par M. de Montaiglon; 2 vol. in-8, 1860. — *Bibliotheca Americana vetustissima,* par M. Harrisse, 2 vol. in-8, 1866-72. — *Les Imprimeurs imaginaires et Libraires supposés,* par G. Brunet. — *La Relation du voyage fait en* 1534, par J. Cartier au Canada, publ. par M. Michelant, 1867. — *Merangis de Portleguez,* par le même éditeur. — *Le Chansonnier huguenot,* 1871. — *L'Alphabet de la mort,* par Holbein.— *L'Histoire de la Nouvelle-France,* par Marc Lescarbot.— *La Bibliographie des sciences médicales,* par le docteur Pauly. — *La Serrurerie et ouvrages en fer forgé,* par H. de Hefner,

Les acquéreurs de tous ces livres, exécutés avec beaucoup de luxe et de bon goût, les verront vraisemblablement hausser de valeur sur les rayons de leurs bibliothèques; mais ce qui est plus sûr encore, c'est qu'ils feront toujours honneur à l'intelligent libraire leur patron, Edwin Tross.

H. L. B.

CATALOGUE

DES

LIVRES EN NOMBRE

ET DE

QUELQUES LIVRES ANCIENS

COMPOSANT

LA LIBRAIRIE TROSS

VENDUE PAR SUITE DU DÉCÈS DE M. **EDWIN TROSS**

TROISIÈME PARTIE.

OUVRAGES DIVERS.

---

1. **Alexandri** Magni Historia, pa swenska Rijm aff Latinem in pä wärt Spraak wand och bekost, genom Hr. Boo Jonszon. *Wijsingsborg, Joh. Kankil,* 1672, in-4, cart.

> Traduction en vers suédois du roman d'Alexandre. Volume rare comme tous les autres publiés à Wijsingsborg dans l'imprimerie particulière du comte Brahe.
> L'exemplaire est mouillé et les premiers feuillets sont raccommodés dans les marges.

2. **Andrea**, Joh. Tractatulus, seu summula brevis de sponsalibus et matrimoniis. *S. l. a. (sed Argentorati, M. Flach, circa* 1475), in-fol. goth. 9 ff. et 1 f. blanc, non rel. (*Hain*, 1068.)

3. **Antoninus**, archiepiscopus Florentinus. Summula confessionis utilissima, in qua agitur quomodo se habere debeat confessor erga penitentem in confessionibus audiendis. *Venetiis, Barth. de Cremona,* 1473, gr. in-4, car. ronds à 2 col. demi-rel. (*Hain*, 1176.)

> Bon exemplaire, avec une initiale en or et couleurs au premier feuillet.

4. —— Opus Anthonini archiepis. Florentini. De Eruditione confessorum, seu interrogatorium p. simplicibus confessoribus. Sermo beati

Chrysostomi de penitencia. *Per discretum virum Conradum Fyner de Gerhuszen (Esslingæ, circa* 1472), pet. in-4, goth. cart. non rogn. (*Hain,* 1171.)

> Très-bel exemplaire avec le dernier feuillet blanc. C'est un des premiers incunables dans lesquels on a employé des chiffres arabes.

5. **Apollinis** Judicium in monte Parnasso contra monarchiæ sectatores. *Messinæ,* 1676, pet. in-12, fig. en taille-douce, vél.

6. **Ausonii** Burdigalensis Opera, J. Tollius ex vet. codd. restituit. *Amstelodami, J. Blaeu,* 1669, in-18, vél.

7. **Bible.** Magyar Biblia. S. l. (*Amsterdam,* 1685). — Szent David Királjnak és profétának sz á z ötven soltári, á francziai nótak 's Versek fzerint Magyar... Molwar Albert. Gros vol. in-8, veau.

> Bible protestante très-rare, avec la musique notée pour les psaumes.

8. **Boetius.** De Consolatione philosophiæ liber. *Basileæ, Th. Wolfius,* 1522, pet. in-8, portrait de Wolfius au dernier feuillet, cart.

9. **Bossuet.** Exposition de la doctrine de l'Église catholique sur les matières de controverse. *Paris, Séb. Mabre-Cramoisy,* 1671, in-12, mar. r. tr. dor. (*Petit.*)

> Édition originale.

10. **Braga,** Theoph. Visão dos tempos. — Antiguidade Homerica. — Harpa de Israel. — Rosa Mistica. *Porto,* 1869, pet. in-8, broch.

11. **Brake.** Gambie Grefwe Peter Brahes Oeconomia, elder Huuszholdz-Book, for ungt Adels-folck. Skrifwin, *anno* 1583. *Wijsingsborg, Joh. Kankel,* 1677, in-4, cart.

> Volume très-rare. Voir aussi l'article *Alexander* et *Matson* du présent catalogue.

12. **Brantôme.** Mémoires de Messire Pierre de Bourdeille, seigneur de Brantôme, contenant les Vies des dames galantes de son temps. *Leyde, chez Jean de la Tourterelle,* 1766, 2 vol. pet. in-12, rel.

> La reliure n'est pas uniforme.

13. **Brosse.** Les Innocens coupables, comédie (en vers). *Paris, Sommaville,* 1645, in-4, non rel.

> Édition originale.

14. **Calendrier** armorial de l'Ordre Teutonique en Alsace et Bourgogne. Des hohenteutschen Ritterordens hochlöbl. Balley Elsas und Burgund Wappenkalender. *Augsbourg,* 1753, in-18, portr. fig. et blasons en taille-douce, cart.

> Quelques petites piqûres raccommodées.

15. **Calvin.** Institutione della religione christiana di M. Giovanni Calvino, in volgare italiano tradotta per Giulio Cesare. *P. Genevra, Ja-*

eopo Burgese, Antonio Dauodeo e Francisco Jacchi compagni, 1557, gr. in-8, veau br.

> Volume rare, comme toutes les traductions italiennes des différents ouvrages des réformatenrs.

16. **Cato**. Ethica, seu disticha de moribus, amplissimo commentario illustrata. *Augustæ imposita (per A. Sorg),* 1475, in-fol. goth. rel. en bois (*Hain, 4711.*)

> Très-bel exemplaire d'un rare et précieux volume.

17. **Chants** et chansons populaires de la France. *Paris, Delloye,* 1843, 3 vol. gr. in-8, fig. cart. en toile.

> Belles épreuves.

18. **Columna**, Guido. De Historia troiana Guidonis. *In civitate Argentina impressa,* 1486, in-fol. goth. à 2 col. cart. dos de toile.

> Magnifique exemplaire de la seconde édition avec date, exactement décrite par Hain.

19. **Consecratio** et coronatio regis Francie. *Venundantur Parisiis in vico Judaïco, s. d.* (marque de Guill. Eustace au titre), in-8, goth. imprim. en rouge et noir, veau f. fil.

> Le privilége, qui est en français, est daté du 20 mars 1510. Exemplaire Ruggieri.

20. **Constancio**, F. S. Historia do Brasil, desde o seu descobrimento por Pedro Alvares Cabral até a abdicação do imperador D. Pedro I. *Paris, Aillaud,* 1839, 2 vol. in-8, mar. r. fil. comp. à froid. tr. dor.

21. **Contile**. Ragionamento di Luca Contile sopra la proprietà delle imprese con le particolari de gli Academici Affidati et con le interpretationi et croniche. *Pavia, G. Bartoli,* 1574, in-fol vél.

> Jolis emblèmes, gravés en taille-douce et entourés de bordures variées.

22. **Delarbre**. Notice sur l'ancien royaume des Auvergnats et sur la ville de Clermont. *Clermont, Landriot,* 1805, in-8, broch.

23. **Dierbach**. Flora mythologica, oder Pflanzenkunde in Bezug auf Symbolik und Mythologie der Griechen und Römer. *Frankfurt,* 1833, in-8, broché.

24. **Dorregaray**. Historia de las Ordenes de Caballeria y de las condecoraciones españolas. Publicala Don José Gil Dorregaray. *Madrid, en la imprenta de Tomas Rey,* 1864-65, 3 vol. in-fol. fil. demi-rel. mar. brun.

> Magnifique publication contenant de nombreuses planches de costumes, de portraits, etc., coloriés avec le plus grand soin.

25. **Du Cerceau**. Conjuration de Nicolas Gabrini dit de Rienzi, tyran de Rome en 1347 (et poésies diverses). *Paris, veuve Estienne,* 1733, in-12, veau br.

26. **Du Perier**. Histoire universelle des voyages faits par mer et par terre dans l'Ancien et le Nouveau Monde. *Paris, Griffart,* 1707, in-12, veau br.

27. **Edict** et ordonnance, faicte et decretée par les Archiducqz nos Souverains Seigneurs et Princes, touchant le port des armoiries, tymbres, tiltres et autres marcques d'honneur et de noblesse. *Bruxelles, Hus. Antoine,* 1616, pet. in-4, 8 ff. cart.

28. **Filicaia**, Vinc. da. Il pelregrinaggio della ven. Compagnia di S. Benedetto alla santa casa di Lorreto. *Firenze,* 1821, in-8, broch.

29. **Folengo**. Merlini Cocaii poetæ Mantuani Macaronicorum Poemata. *Venetiis, Variscus,* 1561, in-16, lettres rondes, grav. en bois, vél.

   Cette édition contient des changements et additions qui ne se trouvent pas dans les autres.

30. **Furer**, Chr. Itinerarium Ægypti, Arabiæ, Palæstinæ, Syriæ, aliarumque regionum orientalium. *Norimbergæ, Wagenmann,* 1620, in-4, lig. vél.

   On a ajouté à cet exemplaire 4 cuivres originaux des planches qui se trouvent dans le volume : *Mont Sinai. — Hierosolima. — Forma templi S. Sepulcri interior. — Mont Calvariare.*

31. **Gomara**. Histoire générale des Indes occidentales et Terres neuues qui iusques à present ont esté descouvertes, traduite en françois par M. Fumée, sieur de Marly le Chastel. *Paris, Sonnius,* 1569, pet. in-8, demi-rel. mar. vert.

   Cette première traduction est fort rare.

32. **Harrisse**. D. Fernando Colon, historiador de su padre. Ensayo critico, por el autor de la Bibliotheca americana vetustissima. *Sevilla,* 1871, in-8, broch.

   Imprimé par la Société des bibliophiles andalous. Épuisé.

33. **Imitation de Jésus-Christ**, traduction nouvelle par le sieur de Beuil. *Paris, Savreux,* 1665, in-12, fig. maroq. noir, tr. dor. (*Anc. rel.*)

34. —— par Jean Gerson, édition polyglotte en latin, en français, en grec, en anglais, en allemand, en espagnol et en portugais; publ. par J.-B. Montfalcon. *Lyon,* 1841. Très-grand in-8, br.

   Édition remarquable, précédée d'une curieuse bibliographie. M. Monfalcon a publié cette polyglotte, si difficile à rédiger, avec une exactitude scrupuleuse. Épuisé.

35. **La Chambre**. Les Charactères des passions. *Amsterdam, A. Michel,* 1658, pet. in-12, frontisp gr. parch.

36. **La Fontaine**. Contes et nouvelles en vers, par M. de la Fontaine. *Amsterdam,* 1764, 2 vol. in-8, fig. et culs-de-lampe, demi-rel.

   Belle édit'on.

— 5 —

37. —— Contes et nouvelles en vers. Vidal direxit. *S. l. n. d.*, in-4, cart. non rogn.

Copie des planches de l'édition de 1762, tirées sur grand papier.

38. **Lamentations** (les) d'Isis et de Nephthys, d'après un manuscrit hiératique du Musée royal de Berlin, publié en fac-similé, avec traduction et analyse, par J. de Horrack. *Paris*, 1866, in-4, fig. broch.

39. **Le Roy** (J.). Notitia marchionatus Sacri Romani Imperii, hoc est, urbis et agri Antverpiensis oppidorum, dominiorum, castellorumque sub eo. *Amstelodami, Alberius,* 1678, gr. in-fol. nombreuses et belles planches, demi-rel. mar. r. (*Petit.*)

Fort bel exemplaire.

40. **Matson Kioping**, Nils. Een kort Beskriffning uppa trenne Reesor och Peregrinationes, sampt Konungarijk Japan. — I. Beskrifwes en Reesa, som genom Asia, Africa ock manga andra Iledniska Konungarijken. — II. Beskrifwes een Resatill Ost Indien, China och Japan. — III. Met Fortalliande om forbenemde stoora och machta Konungarijkes Japan Tillstand, af O. Erickson Wilman IV Uthfoores een Reesa fran Muszcow till China. *Wijtsindzborg, Joh. Kankel,* 1594, in-4, cart.

Recueil excessivement rare. Voir aussi l'article Alexandre du présent catalogue.

41. **Missale** secundum usum insignis ecclesie Cameracensis. *In preclara urbeparisina, per Wolffyangum hopylium, expensis Simonis Vostre et Henrici Stephani,* 1503, in-fol. goth. à 2 col., imprimé en rouge et noir, rel. en bois.

Missel à l'usage de Cambrai, d'une grande rareté et d'une splendide exécution. Les deux grandes gravures du canon imprimées sur vélin. Le premier feuillet (titre) et le f. VII de la troisième partie manquent.

42. **Morbus gallicus**. Ein clarer Bericht yetzt nüw von dem Holtz Guaiaco. *Strassburg, J. Gruninger,* 1529, pet. in-4, goth. fig. en bois, 8 ff. non rel.

Rare. Le titre est trop rogné sur le devant.

43. **Moreau** (Ph.). Le Tableau des armoiries de France, auquel sont représentées les origines et raisons des armoiries, hérauts d'armes, et des marques de noblesse. *Paris, R. Fouet,* 1609, pet. in-8, 1 pl. par Léon Gaultier, vél.

44. **Moreno y Jove**, Man. Compendio de la historia sagrada del antiguo e nuovo Testamento. *Mexico, Cumplido,* 1843, 2 tomes en 1 vol. in-12, demi-rel.

De la bibliothèque de l'empereur Maximilien du Mexique.

45. **Orontii Finæi** Delphinatis Quadratura circuli, tandem inventa et clarissime demonstrata. *Lutetiæ Parisiorum, S. Colinæus*, 1544, in-fol. bordure grav. en bois, un titre, cart.

> La première belle et grande initiale porte les armes du Dauphiné.

46. **Ovidii** Metamorphoseon libri quindecim. *Venetiis, in ædibus Aldi*, 1502, pet. in-8, demi-rel. vél.

> Bel exemplaire, très-grand de marges.

47. **Pelloutier**. Histoire des Celtes, et particulièrement des Gaulois et des Germains, depuis les temps fabuleux jusqu'à la prise de Rome par les Gaulois; édition revue, corrigée et augmentée, par M. de Chiniac. *Paris, Quillau*, 1770-71, 8 vol. in-12, veau marbr.

48. **Perez**. Relaciones de Antonio Perez, Secretario de Estado, que fue, del Rey de España Don Phelippe II deste nombre. *Impresso en Paris*, 1598, pet. in-8, non rel.

> Édition rare, mouillures.

49. **Piranesi** (J.-B. et C.-F.). Édition originale, superbes épreuves. 18 vol. très-grand in-fol.

> Vol.
> I-IV. Le Antichità romane. *Roma*, 1756, 4 vol.
> VI. Raccolta de' tempi antichi. *Roma*, 1785.
> VII. De Romanorum magnificentia. *Romæ*, 1761.
> VIII. Opere varie di Architettura. 3 part.
> IX. Le Rovine del castello, etc. *Roma*, 1765, 3 part. (Il manque 1 feuillet de texte et les frontispices ont un petit trou.)
> X. Campus Martius. *Roma*, 1762 (manque la planche 5).
> XI. Antichità d'Albano e di Castel Gandolfo. *Roma*, 1764.
> XII. Vasi, candelabri, etc. Parte prima. *Roma*, 1778.
> XIV. Colonna Trajana, etc. *Roma*, 1770.
> XV. Pæstum.
> XVI, XVII. Vedute di Roma (1779), 2 vol.
> XVIII. Statue antiche. (Incomplet du titre et de 17 planches.)
> XIX. Teatro d'Ercolano. *Roma*, 1785.
> XX. Diverse maniere d'adornare i cammini. *Roma*, 1769. (Titre déchiré.)
> Pour l'indication de la tomaison on a suivi le Manuel de Brunet.

50. **Pontus de Tyard**. Deux Discours de la nature du monde et de ses parties. *Paris, Mamert Patisson, au logis de Robert Estienne*, 1578, in-4, vél.

51. **Poyvre**. Voyages d'un philosophe, ou Observations sur les mœurs et les arts des peuples de l'Afrique, de l'Asie et de l'Amérique. *Londres et Lyon*, 1769, in-12, veau marbr.

52. **Ptolemee**. La Geographia di Claudio Ptolemæo Alessandrino, tradotta in vulgare da M. Pietro Andrea Mattiolo, con nuove aggiuntessi di Messer Jacopo Gastaldo Piamontese, cosmographo. *Venetia, Pedrezzano*, 1548, in-8, cartes grav. en taille-douce, vél. violet.

> Très-bel exemplaire. Cette édition, dont les cartes sont fort bien gravées, contient 2 mappemondes et 5 cartes spéciales de l'Amérique, dont une comprenant la tierra de Labrador, la tierra de Nuremberg, etc.

53. —— La Geographia, etc. *Venetia,* 1548, in-8, vél. blanc (*Aux armes de Fugger.*)

> Autre exemplaire de la même édition, moins beau que le précédent.

54. **Purliliarum** Comes, Jacob. De Re militari liber. *Venetiis, in ædibus Joan. Tacuini de Tridino,* 1530, in-4, caract. ronds, maroq. viol. fil. tr. dor. (*Hardy-Mennil.*)

> Aux armes de Mornay.

55. **Réflexions** sur la nouvelle liturgie d'Anière. *S. l.,* 1724, in-8, remonté de format in-4, non rel.

> On a ajouté un manuscrit de l'époque, 37 pages in-4, commençant ainsi :
> *Monsieur Jubé, curé d'Asnières proche Paris, a renouvelé dans son église plusieurs rites anciens,* etc., *qui ne sont pas contraires aux rubriques du diocèse.*

56. **Rosaccio.** Mondo elementare et celeste, nel quale si tratta de' moti et ordine delle sfere, della grandezza della terra, dell'Europa, Africa, Asia et America. *Trevigi, Deuchino,* 1604, pet. in-8, cart. grav. sur bois, parch.

> Les ff. 277 et suiv. traitent de l'Amérique.

57. **Sallustius.** Bellum Catilinarium et Jugurthinum. *Venetiis, Vindelinus de Spira,* 1470, gr. in-4, 71 ff. à 30 lignes, non rel.

> Exemplaire grand de marges, avec initiales en or et couleur. Le dernier feuillet est en manuscrit de l'époque. Quelques piqûres.

58. **Schoonhovii** Emblemata, partim moralia, partim etiam civilia. *Amstelodami, Janssonius,* 1648, in-4, 74 planches en taille-douce, vélin.

59. **Solinus.** De Situ orbis et memorabilibus quæ mundi ambitu continentur liber. *Impressum Venetiis per Nicolaum Jenson Gallicum,* 1473, gr. in-4, car. ronds, bas.

> Bel exemplaire, malgré quelques piqûres dans les marges. Au troisième feuillet on trouve une charmante bordure peinte en or et couleurs.

60. **Suetonii** Tranquilli XII Cæsares. Aurelii Victoris excerpta. Eutropii de gestis Romanorum, lib. X. Pauli diaconi libri VIII ad Eutropii historiam additi (ed. J.-B. Egnatius). *Venetiis, in ædibus Aldi et Andreæ soceri,* 1516, pet. in-8, parch.

61. **Tarsis** de Villamediana. Obras, recogidas por Dion. Hipolito de los Valles. *Madrid, Maria de Quiñones,* 1635, in-4, parch.

62. **Ternet** (Claude). Le Martyre de la glorieuse sainte Reine d'Alyse, tragédie. *Troyes, P. Garnier* (1739), pet. in-8, broch. rogn.

63. **Thomæ Illyrici** Epistola ad scholasticos Tholosanos. *Parisiis, ex officina Henrici Stephani,* 1519, pet. in-4, car. ronds, 6 ff. beau titre gravé, demi-rel. mar. viol.

64. **Vecellio** (Cesare). Habiti antichi et moderni di tutto il mondo. Di nuovo accresciuti di molte figure. *In Venetia, apresso Gio. Bernardo Sessa*, 1598, in-8, 506 costumes grav. en bois, bas.

    Cette édition contient les costumes américains. Quelques légères taches.

65. **Vespuce.** Paesi nouamente ritrouati per la Navigatione di Spagna in Calicut, et da Alberico Vesputio intitulato Mundo Novo. Nouamente impresso. *Venetia, Zorzi de Rusconi*, 1517, pet. in-8, mar. bleu, tr. dor. (*Niedrée.*)

    Édition fort rare, imprimée à 2 colonnes. (Bibl. Amer. Vet., p. 159)). Le titre a été admirablement refait en fac-simile. Exemplaire Sobolowski.

66. **Viaggi** fatti da Venetia alla Tana, in Persia, in India et in Constantinopoli, etc. *Venegia, in casa de' figlivoli di Aldo*, pet. in-8, vél. blanc.

    La plus belle édition, exemplaire grand de marges.

67. **Vulson de la Colombière.** Le Vray Théâtre d'honneur et de chevalerie, ou le Miroir héroïque de la noblesse. *Paris, A. Courbé*, 1648, in-fol. fig. veau br.

    Exemplaire en grand papier. Légères piqûres dans la marge.

---

68. **Catalogues** de la librairie Tross, 1851-75, rel. et broch. 20 vol. in-8, fig.

    Exemplaire complet, sauf quelques livraisons de l'année 1866.

69. **Catalogues** de la librairie Tross (plusieurs années complètes).

    Plusieurs lots.

70. Papier ancien et moderne, peau de vélin, etc.

    Plusieurs lots.

71. Différents clichés.

LIVRES EN NOMBRE

MIS ET AMILES, et Jourdains de Blaivies, deux poëmes chevaleresques de l'époque carlingienne, publiés pour la première fois, d'après le manuscrit de Paris, par C. Hoffmann. *Erlangen et Paris,* 1852, in-8, broch. (18 exemplaires.)

73. ANNALES PLANTINIENNES, depuis la fondation de l'imprimerie plantinienne à Anvers jusqu'à la mort de Ch. Plantin (1555-1589), par MM. C. Ruelens et A de Backer. *Paris,* 1866, gr. in-8, XXIV et 324 pages, avec portrait, br. (80 exemplaires.)

> Bibliographie remarquable. Elle a été publiée (sans titre et table) dans le *Bulletin du Bibliophile belge,* 1858-65. Nous avons fait imprimer un titre et une table détaillée pour faciliter les recherches.

74. ARCHIVES DE L'ART FRANÇAIS, recueil de documents inédits relatifs à l'histoire des arts en France, publié sous la direction de M. Anatole de Montaiglon. Deuxième série. *Paris,* 1860-66. 2 vol. in-8, br. (42 exemplaires.)

> Les deux volumes qui terminent cette importante collection manquent à beaucoup d'exemplaires; ce sont les plus intéressants de toute la collection. Ils contiennent, entre autres : *Jean de Paris,* peintre et valet de chambre des rois Charles VIII, Louis XII et François Ier, 142 pages ; — *Les Artistes de Bourges,* depuis le moyen âge jusqu'à la Révolution, par le baron Girardot, 84 pages et une planche ; — *Bernard Salomon* (le Petit Bernard), peintre et graveur sur bois ; — *Jean Fouquet* en Italie ; — les Tableaux et statues de Lyon au XVIIe siècle, par *I. de Bombourg,* 80 pages ; — *Nicolas Poussin* et Fouquet ; — *Chapelles* des châteaux de Fontainebleau et Anet, etc.

75. ANNALES de la typographie néerlandaise du XVe siècle, par M. F. A. G. Campbell, bibliothécaire en chef de la bibliothèque de la Haye. *La Haye et Paris,* 1874. Gr. in-8, XVIII et 629 pages, pap. vergé, broch. (76 exemplaires.)

> La première partie de l'ouvrage contient les titres des incunables par ordre alphabétique, et la seconde une table alphabétique des typographes néerlandais, avec la liste des ouvrages sortis de leurs presses. C'est un supplément indispensable aux ouvrages de Maittaire, Panzer et Hain.

 ERNARD. Geofroy Tory, peintre graveur, premier imprimeur royal, réformateur de l'orthographe et de l'imprimerie sous François Ier, par Auguste Bernard. Deuxième édition, entièrement refondue, VIII et 412 pages. *Paris,* 1865. In-8, br.

> Papier vélin............ 459 exempl.
> Grand papier de Hollande 14   —

Cette édition nouvelle, *qui forme pour ainsi dire un nouvel ouvrage,* contient le double de texte de la première. Elle est ornée de nombreuses gravures en bois.

77. BIBLIOTHECA Americana vetustissima. A Description of works relating to America, published between the years 1492-1551. ADDITIONS. (By Henry Harrisse, *E^{sqre}*.) *Paris,* 1872. Très-gr. in-8, avec gravures en bois fac-sim.

> Papier teinté.... ..... 194 exempl.
> Grand papier (format in-4°) 47   —
> Papier de Hollande..... 2   —

Ce supplément est encore mieux imprimé et plus intéressant que l'ouvrage principal. L'auteur a fait des recherches dans les bibliothèques de la France, de l'Italie, de l'Allemagne, des États-Unis, de l'Espagne et de l'Angleterre, et décrit dans ce magnifique volume près de 200 ouvrages (ou éditions) ayant rapport à l'Amérique, et qui avaient échappé aux recherches des bibliographes spéciaux.

78. BLANCANDIN et l'Orgueilleuse d'amour, roman d'aventures, publié pour la première fois par H. Michelant. *Paris,* 1867. In-8, br.

> Papier vergé.......... 217 exempl.
> Papier de Hollande..... 36   —

Beau volume, tiré à petit nombre.

79. BRUNET. Imprimeurs imaginaires et libraires supposés. Étude bibliographique, suivie de recherches sur quelques ouvrages imprimés avec des indications fictives de lieux ou avec des dates singulières, par Gustave Brunet. *Paris,* 1866. In-8, br.

> Papier vélin .... 297 exempl.
> Papier de Hollande..... 54   —

Cet ouvrage, résultat de longues et patientes recherches, aborde une portion curieuse de l'histoire littéraire et des annales de la typographie. Il y a quelques années, M. Gustave Brunet a publié un travail intéressant sur les *livres imaginaires et les bibliothèques fantastiques*. Il s'occupe aujourd'hui de livres très-réels, qui ont parfaitement existé, mais que l'on s'est attaché à signaler comme exécutés chez des typographes supposés, comme mis sous presse dans des villes imaginaires, ou bien dans des cités fort réelles, mais dont l'énonciation seule révèle une pensée ironique (Pékin, le Caire, Bagdad, etc.). On comprend facilement que la plupart des livres où des déguisements de ce genre étaient mis en œuvre, appartiennent à la classe des écrits satiriques ou d'une moralité douteuse. Le catalogue que nous signalons est accompagné d'un assez grand nombre de notes bibliographiques.

CANCIONEIRINHO de trovas antigas colligidas de um grande cancioneiro de Bibliotheca do Vaticano, precedido de uma noticia critica do mesmo grande Cancioneiro. Com a lista de todos os Trovadores que comprehende, pela major parte Portugezes e Gallegos. *Vienna, Typografia J. e R. do E. e do Corte*, 1870. Pet. in-8, 48 et 170 pages, br. (5 exemplaires.)

Charmant volume, publié par A. de Varnhagen. Tiré à petit nombre d'exemplaires, dont seulement une centaine ont été mis dans le commerce.

81. CANTIQUE faict à l'honneur de Dieu par Henry de Bourbon IIII, de ce nom, tres chrestien Roy de France et de Navarre, après la bataille obtenue sur les ligueurs, en la plaine d'Ivry, le 14 mars 1591. *Nouvellement imprimé à Lyon, par Louis Perrin*, 1863. Petit in-8, br. (19 exemplaires.)

Pièce curieuse. Réimpression figurée, tirée à 60 exemplaires sur papier ancien. Les exemplaires sur peau de vélin sont épuisés.

82. CARTIER. Relation originale du voyage fait en 1534 par le capitaine Jacques Cartier aux Terres Neuves de Canada, Norembergue, Labrador et pays adjacens, dite Nouvelle France, publ. par M. Michelant. *Paris*, 1867. *Avec description du manoir de J. Cartier et une deuxième série de documents inédits sur le Canada*, publ. par A. Ramé. In-8, avec cinq gravures en bois, br.

Papier vergé .... 168 exempl.
Papier vélin Whatman.. 10 —

Texte original, publié pour la première fois d'après un manuscrit français de l'époque. On ne connaissait jusqu'à présent cette relation que d'après la traduction faite sur le texte italien publié par Ramusio. La première série des documents sur le Canada a paru à la fin du *Discours du voyage fait par Jacques Cartier*.

83. CARTIER. Discours du voyage fait (en 1534) par le cap. Jacques Cartier aux Terres Neufues du Canada, Norembergue, Hochelage, Labrador et pays adjacens, dite Nouvelle France. Publ. par H. Michelant. Documents inédits sur Jacques Cartier et le Canada, publ. par A. Ramé. Avec 2 grandes cartes. *Paris,* 1865. Pet. in-8, br.

> Papier vergé.......... 299 exempl.
> Papier vélin Whatman.. 125 —

84. —— Bref Récit et succincte narration de la navigation faite en 1535 par le capitaine Jacques Cartier aux îles de Canada, Hochelaga, Saguenay et autres. Réimpression figurée de l'édition originale rarissime de M. D. XLV, avec les variantes des manuscrits de la Bibliothèque impériale. Précédé d'une brève et succincte introduction historique par M. d'Avezac. *Paris,* 1863. Pet. in-8, br.

> Papier vergé.......... 144 exempl.
> Papier vélin Whatman.. 24 —

85. CATALOGUE des livres et manuscrits composant la bibliothèque de M. Félix Solar (par P. Deschamps). *Paris, Didot,* 1860, in-8, broch.

> Petit papier............ 25 exempl.
> Grand papier.......... 31 —

Ce catalogue, dont les titres sont en partie imprimés en caractères gothiques, n'a pas été mis dans le commerce.

86. —— de la riche bibliothèque de D. José Maria Andrade. *Leipzig et Paris,* 1869, in-8, broch. (*Prix imprimés.*) (32 exemplaires.)

Bibliothèque de l'empereur Maximilien du Mexique, riche en raretés américaines.

87. CHANSONNIER HUGUENOT (le) du XVIe siècle, publié par Henri-Léonard Bordier. (*Imprimé par Louis Perrin et Marinet, à Lyon.*) *Paris,* 1871. 2 vol. gr. in-16, br.

> Papier teinté.......... 314 exempl.
> Papier de Hollande..... 54 —

Préface historique (LXXXIV pages). — *Livre premier.* Chants religieux, pro-

88. CLEF D'AMOUR (la). Poëme publié d'après un manuscrit du XIV⁰ siècle, par Edwin Tross, avec une introduction par M. H. Michelant. *Paris,* 1866. In-8, facsim. br. (75 exemplaires.)

> Charmant volume, sorti des presses de M. Louis Perrin, de Lyon, chefd'œuvre typographique. Chaque page est entourée d'un filet rouge.

89. COLOMB. Primera epistola del admirante Don Cristobal Colon, dando cuenta de su gran descubrimiento, a D. Gabriel Sanchez, Tesorero de Aragon. Accompagna al texto original castellano el de la traduccion latina de Leandro de Cosco, segun la primera edicion de Roma de 1493, y precede la noticia de una nueva copia del original manuscrito, y de las antiguas ediciones del texto en latin, hecha por el editor D. Genaro H. de Volafan. *Valencia, Garin,* 1858. In-8, x et 25 pages, cart. en toile, tr. dor. (13 exemplaires.)

> Ce volume a été tiré à 100 exemplaires. Don Pascual de Gayangos a donné un compte rendu sur cette intéressante publication dans le journal *la America,* 13 avril 1867. Il n'a pas connu le nom de l'auteur qui s'est caché sous le pseudonyme D. Genaro H. de Volafan, et qui est celui de M. de Varnhagen.

90. —— Carta de Cristobal Colon enviada de Lisboa a Barcelona en marzo de 1493. Nueva edicion critica : conteniendo las variantes de los differentes textos, juicio sobre estos reflexiones a mostrar a quien la carta fue escrita, y varios otras noticias. Por el seudonimo de Valencia. *Viena, Tipografia I. y R. de la Corte,* 1869. Pet. in-8, 26 pag. en caract. goth. et 51 pages en caractères ronds, br. (54 exemplaires.)

> Tiré à 120 exemplaires numérotés, dont 60 seulement destinés au commerce. Il est accompagné d'une petite carte : *Distrito de las Antillas visitado por Colon en su I⁰ viaje.*
> C'est une *édition critique* mettant à contribution quatre textes, dont un en italien, découvert dernièrement à Milan.

91. CORTEZ. The fifth letter of Hernan Cortes to the Emperor Charles V, containing an account of the expedition to Honduras. Translated from the original spanish

by D. Pascual de Gayangos. *London, printed for the Hakluyt Society*, 1868. Gr. in-8, cart. en percal. n. rogn. (4 exemplaires.)

Tiré à petit nombre.

DANSE DES NOCES (la), par Hans Scheufelein, reproduite par J. Schratt, et publiée par Edwin Tross. Avec une notice biographique sur Hans Scheufelein, par le docteur Andresen. *Paris*, 1865. 1 vol. in-fol. cart. en toile à l'anglaise.

Papier teinté........... 111 exempl.
Papier de Hollande...... 88 —

Cette danse, une des meilleures productions xylographiques de la première moitié du xvie siècle, a été exécutée vers 1530. Elle se compose de 21 planches, dont une, de double grandeur, représente les musiciens sur une tribune.

C'est une danse, ou plutôt une marche, comme elle était usitée aux noces des patriciens de Nuremberg et d'Augsbourg. Les figures se distinguent par la noblesse et la gracieuseté ; leurs mouvements sont cadencés et pleins de distinction, leurs costumes choisis, riches et d'un goût exquis.

93. DESCHAMPS. Essai bibliographique sur M. T. Cicéron. Avec une préface par J. Janin. *Paris, Potier*, 1863. In-8, broch.

Papier de Hollande...... 3 exempl.
Papier ordinaire........ 19 —

94. DESGRANGES. Grammaire sanscrite française. *Paris, Imprimerie royale*, 1845-47, 2 forts vol. in-4, broch. (5 exemplaires.)

95. DOUBLET DE BOISTHIBAULT. Les Vœux des Hurons et des Abnaquis à Nostre-Dame de Chartres, 1678-1697; publiés pour la première fois d'après les manuscrits des archives d'Eure-et-Loir, avec les lettres des missionnaires du Canada, une introduction et des notes. *Chartres*, 1857. Pet. in-8, avec une planche color. cart. n. rogn.

Papier vélin........... 3 exempl.
Papier de Hollande..... 1 —

ILLON. Lettres écrites de la Vendée à M. Anatole de Montaiglon, par Benjamin Fillon. (*Imprimerie de Pierre Robuchon, à Fontenay-le-Comte*). *Paris, Tross*, 1861. Gr. in-8, pap. vergé, fig., br. (18 exemplaires.)

Tiré à 120 exemplaires, dont 85 destinés à la librairie.

IRARDOT (baron de). Les Artistes de Bourges depuis le moyen âge jusqu'à la Révolution. *Paris*, 1861. In-8, br. (32 exemplaires.)

98. GRAVIER (Gabr.). Découverte de l'Amérique par les Normands au Xe siècle. *Rouen*, 1874. In-8, cartes, broch. (8 exemplaires.)

Tiré à 150 exemplaires pour le commerce.

ILARII Versus et ludi (ed. Champollion). *Paris, Techener*, 1838. Pet. in-8, broch. (50 exemplaires.)

100. HISTOIRE de l'invention de l'imprimerie par les monuments. *Paris, de l'imprimerie de la rue de Verneuil*, 1840. Gr. in-4, figures en bois et *fac-simile*. (328 exemplaires.

On remarque dans cette publication importante, et tirée à un nombre restreint d'exemplaires, des *fac-simile* de Donat, de la Bible de 36 lignes, des lettres d'indulgence de 1454, etc., *imprimés en caractères mobiles*.

Quant aux illustrations modernes, nous citons les grandes planches de J.-J. Granville, A. Schrœdter de Dusseldorf, G. Seguin, Etex et autres; toutes sont des chefs-d'œuvre.

101. HOLBEIN. L'Alphabet de la mort, de Hans Holbein, gravé sur bois et entouré de bordures analogues du XVIe siècle, également sur bois, par MM. Lœdel et Léon Le Maire, avec des quatrains et des sentences tirées des Saints Pères. Publié par A. de Montaiglon. *Paris*, 1856. In-8, cart. en toile, n. rogn. (*Épuisé*. Il ne reste que quelques exemplaires.)(5 exemplaires.)

La seconde partie contient :

CINQ MOULT BIAUX DIS,
QUE ORENT TROIS MORS OD TROIS VIS.

102. IMITATIO J.-CHR. latine, cura Edwini Tross. *Parisiis*, 1858. In-64, br. (*Épuisé*. Quelques exemplaires sur *papier de Chine*.) (13 exemplaires.)

Édition imprimée avec les *caractères microscopiques de Didot*.

103. —— libri quatuor. *Lutetiæ Parisiorum*, 1868. In-8, broché. (210 exemplaires.)

Nombreuses figures en bois. Chaque page est entourée d'une bordure, gravée à l'imitation des encadrements employés dans les livres d'heures publiés par Simon Vostre, Pigouchet, Verard, Keruer et autres. Les illustrations offrent de notables différences avec celles de l'édition en français.

104. —— Gerson. De l'Imitation de Jésus-Christ, traduit, d'après un manuscrit de 1440, par l'abbé Delaunay, curé de Saint-Etienne-du-Mont. Édition nouvelle, corrigée, augmentée d'une nouvelle préface. *Paris*, 1869. In-8, broch.

Papier teinté............	1563 exempl.
Papier de Hollande.....	15 —
Papier de Chine........	12 —

Cette édition est ornée de nombreuses figures en bois, *et chaque page est entourée d'une bordure*, gravée à l'imitation des encadrements employés dans les livres d'heures publiés par Simon Vostre, Pigouchet, Verard, Keruer et autres. Les sujets religieux s'y mélangent avec des grotesques et des arabesques les plus jolies et les plus variées.

On a tiré de ce magnifique volume des exemplaires sur *véritable papier fort de Chine*, et non pas sur papier imitation chine, employé fréquemment pour l'impression de ces exemplaires supérieurs.

C'est la seule édition de l'*Imitation* où les illustrations sont bien comprises et dignes du texte.

On vendra avec ce numéro les clichés de l'édition latine.

K LOSS. Bibliographie der Freimaurerei und der mit ihr in Verbindung gesetzten geheimen Gesellschaften. *Frankfurt*, 1844, in-8, br. (81 exemplaires).

La bibliographie la plus étendue qui existe sur la franc-maçonnerie.

106. KOBELL (Fr. von). Die Galvanographie; eine Methode, gemalte Tuschbilder durch galvanische Kupferplatten im Drucke zu vervielfaltigen. *München*, 1842. In-4, 7 planches, broch. (7 exemplaires.)

Abé. Œvvres de Lovize Labé. Nouvelle
édition, publiée par Edwin Tross, et imprimée en caractères dits de civilité (*par
MM. Jean Enschedé et fils, à Harlem*).
Paris, 1871. In-8, br.

Papier vergé. 104   —
Papier vélin Whatman. .   19   —

Magnifique volume tiré à 150 exemplaires. Les caractères qui ont servi à
l'impression de ce chef-d'œuvre ont été gravés vers 1545 par Amet Tavernier
de Bailleul.

108. Laborde (Léon de). Débuts de l'imprimerie à Strasbourg, ou recherches sur les travaux mystérieux de
Gutemberg dans cette ville, et sur le procès intenté en
1439 à cette occasion. *Paris, Techener*, 1840. In-8,
3 planches.

15 exemplaires cart. dos de toile.
19   —   brochés.

Cette publication est d'autant plus intéressante que les documents repro-
duits ont péri dans l'incendie de la bibliothèque de Strasbourg.

109. Laude. Catalogue méthodique, descriptif et analytique
des manuscrits de la bibliothèque publique de Bruges.
Bruges, 1859. In-8, broch. (28 exemplaires.)

110. Lescarbot. Histoire de la Nouuelle-France, contenant les nauigations, découuertes et habitations faites par
les François ès Indes Occidentales et Nouuelle-France.
Avec les mœurs de la Nouuelle-France. Par Marc Lescarbot. Nouvelle édition, publ. par Edwin Tross. *Paris*,
1866. 3 vol., pet. in-8, avec quatre cartes, br.

Iᵉʳ vol. pap. vél. . . . . 236 exempl.
—   pap. de Hollande   89   —
IIᵉ vol. pap. vél.   269   —
—   pap. de Hollande   91   —
IIIᵉ vol. pap. vél.   327   —
—   pap. de Hollande   94   —

2

111. Lescarbot. Les Muses de la Nouvelle-France. *Paris,* 1866. Pet. in-8, br. Tirées à 40 exemplaires, sur papier vergé. (43 exemplaires.)

> Cette partie manque souvent aux éditions anciennes. Ces deux ouvrages ont été imprimés avec des caractères imitant les anciens.

112. Lettere di Francesco Milizia al conte Fr. di Sangiovanni, ora per la prima volta pubblicate. *Parigi, Renouard,* 1827. In-12, fac-sim. pap. vélin.

> 4 exemplaires brochés.
> 178 — en feuilles.

113. Liure (le) des mestiers, dialogues français-flamands composés au XIV⁰ siècle, par un maître d'école de la ville de Bruges. Publié par M. H. Michelant, in-4, br.

> Papier de Hollande..... 32 exempl.
> Papier vélin Whatman.. 6 —

> Volume intéressant. — Magnifique publication imprimée par MM. Jean Enschedé et fils, à Harlem, avec des caractères gothiques du quinzième siècle et des caractérés ronds du seizième; les initiales tirées en rouge et bleu. Tiré à 80 exemplaires en tout.

M ALINGRE. L'Epistre de M. Malingre envoyée à Clement Marot : en laquelle est demandée la cause de son département de France. Avec la response dudit Marot. ❡ Icy trouuerez vne louenge de France et des Bernoys, auec vn noble rolle d'aucuns Françoys habitans en Sauoye, et deux Epitaphes de Clément Marot. *Nouuellement imprimé à Basle, par Iaq. Estauge, ce* 20 *d'Octobre* 1546. 12 ff. pet. in-8, avec quelques grav. en bois, br. et cart.

> Papier vélin Whatman.. 16 exempl.

> Pièce intéressante, dont le seul exemplaire existant (inconnu jusqu'alors) se trouve porté dans notre catalogue de 1868, n° 3147. MM. Enschedé et fils, à Harlem, l'ont réimprimé avec de véritables caractères du xvi⁰ siècle. L'édition, 90 exemplaires en tout, est presque épuisée.

115. Margry. Les Navigations françaises et la révolution maritime du XIV⁰ au XVI⁰ siècle, d'après les documents inédits tirés de France, d'Angleterre, d'Espagne et d'Italie,

par Pierre Margry. *Paris,* 1868. 1 fort vol. in-8, avec deux grandes planches, br.

Papier vélin. . . . . 278 exempl.
Papier de Hollande . . . . . 19 —

I. Les marins de Normandie aux côtes de Guinée avant les Portugais. — II. Les deux Indes au xvᵉ siècle et l'influence française sur Christophe Colomb. — III. La navigation du capitaine de Gonneville et les prétentions des Normands à la découverte des Terres Australes sous Louis XII.— IV. Le chemin de la Chine et les pilotes de Jean Ango. — V. L'hydrographie d'un découvreur du Canada et les pilotes de Pantagruel.

L'une des planches représente les *bas-reliefs de l'église de Saint-Jacques à Dieppe,* l'autre reproduit un *dessin de la main de Christophe Colomb.*

116. Meraugis de Portlesguez. Roman de la Table ronde, par Raoul de Houdenc. Publié par H. Michelant d'après les manuscrits de Vienne et de Turin. Avec illustrations représentant les miniatures du manuscrit de Vienne. *Paris,* 1869. 1 fort vol. gr. in-8, avec 19 gravures en bois, chaque page entourée d'un filet rouge, broch.

Papier ordinaire. . . . . 18 exempl.
Papier de Hollande. . . . . 187 —
Papier vélin Whatman
(format jésus) . . . . 12 —

Fort beau volume, imprimé par Jouaust. Les gravures ont été exécutées par M. Léon de Maire avec une rare perfection.

NIELLES (LES SEIZE) du grand lustre de la Cathédrale d'Aix-la-Chapelle, exécuté vers 1165 pour l'empereur Frédéric Iᵉʳ et sa femme l'impératrice (Béatrice de Bourgogne). Seize planches tirées à Aix-la-Chapelle sur les gravures originales. *Paris,* 1859. Gr. in-fol. 2 ff. de texte, 16 pl. cart. non rogn. (14 exemplaires.)

Un des plus anciens et des plus beaux monuments de la gravure en taille-douce. On n'en a tiré, lors de la restauration du lustre, qu'un *petit nombre d'exemplaires* sur les planches originales. Les gravures ont été exécutées vers 1165, dans le genre des gravures du xvᵉ siècle, ce qui a permis d'obtenir des épreuves parfaites, sept siècles après l'exécution des planches.

118. Notes pour servir à l'histoire, à la bibliographie et à la cartographie de la Nouvelle-France et des pays adja-

cents, 1540-1700. Par l'auteur de la Bibliotheca americana vetustissima. *Paris,* 1872. 1 fort vol. in-8, br.

> Papier vergé, imitation
> (Blanchet et Kléber)... 216 exempl.
> Grand papier vélin...... 171 —
> Grand papier de Hollande 73 —

> Ouvrage remarquable. La bibliographie et la cartographie ont été rédigées avec une rare exactitude; on y trouvera peu d'additions à faire. Les notes historiques et documentaires contiennent beaucoup de pièces inédites de la plus haute importance, entre autres une série de documents sur Françoys de la Roque, sieur de Roberval.

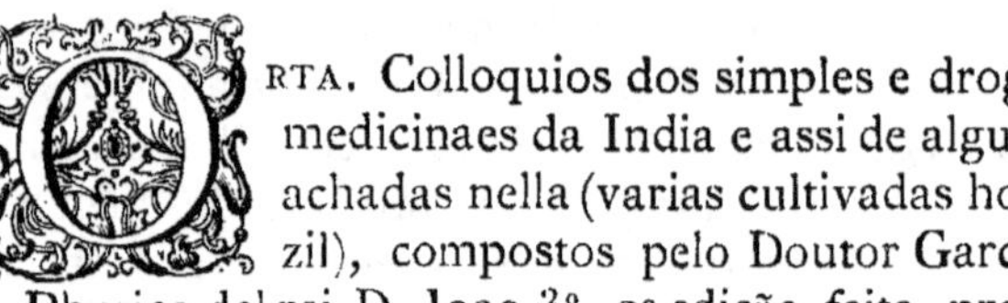

RTA. Colloquios dos simples e drogas e cousas medicinaes da India e assi de algumas fructas achadas nella (varias cultivadas hoje no Brazil), compostos pelo Doutor Garcia de Orta, Physico del rei D. Joao 3°. 2° edição feita, proximamente pagina per pagina, pela primera, impressa em Goa por Joao de Endem no anno de 1563. *Lisboa, imprenta nacional,* 1872. In-4, broch. (4 exemplaires.)

> Publié par M. Ad. de Varnhagen, et tiré à très-petit nombre.

AULY ET DAREMBERG. Bibliographie des sciences médicales, par Alphonse Pauly. Avec une introduction par le Dr Daremberg. *Paris,* 1872. 3 part. très-gr. in-8, br.

(389 exemplaires complets sur papier vélin, en plus 67 exemplaires du deuxième fascicule et 110 exemplaires du tome troisième qui seront livrés à l'acquéreur comme défets.)

> Ier fascicule gr. pap. vél. 31 exempl.
> II — gr. pap. vél. 30 —
> III — gr. pap. vél. 35 —

121. POÉSIES GASCONNES, recueillies et publiées par F. T. Nouvelle édition, publiée par M. Taillade, revue sur les manuscrits les plus authentiques et les plus anciennes éditions. **Poésies de J. G. Astros. D'Arquier. Chants**

religieux. Mazarinades et autres poésies satiriques de la Lomagne (XVIIe siècle). *Paris,* 1867-69. 2 vol. in-8, brochés.

I vol. pap. vélin.......	365	exempl.	
— pap. vergé.......	47	—	
II vol. pap. vélin.......	368	—	
— pap. vergé.......	49	—	

Édition critique, imprimée avec luxe. Ces poésies, en langue gasconne, sont très-intéressantes sous le rapport de la linguistique.

122. PORTRAIT d'Alex. de Humboldt, gravé sur bois et imprimé en 1862, par Jouaust. In-4. (Environ 450 exemplaires.)

UICHERAT Un manuscrit interpolé de la Chronique scandaleuse, dissertation et extrait, pour servir à l'histoire du règne de Louis XI. *Paris,* 1857. In-8, broch. (3 exemplaires.)

ABELAIS. Les Songes drolatiques de Pantagrvel, où sont contenues plusieurs figures de l'invention de maistre François Rabelais : et dernière œuvre d'iceluy, pour la récréation des bons esprits. *A Paris, par Richard Breton, rue S. Iaques, à l'Escreuisse d'argent. M.D.LXV. Réimpression figurée.* 120 gravures en bois. Avec une introduction et des observations par M. E. T. *Paris,* 1869. vol. pet. in-8, br.

Papier vergé..........	379	exempl.	
Papier vélin Whatman (à la cuve)	6	—	
Papier de Chine (véritable)	5	—	

Les 120 planches qui composent ce célèbre recueil des « *Figures de l'invention de maistre François Rabelais* », incomparable monument de la verve satirique du XVIe siècle, ont été *gravées sur bois* par un grand artiste, J.-G. Flegel, et tirées dans l'imprimerie et sous la direction de M. W. Drugulin, le célèbre iconophile. Ce sont de véritables chefs-d'œuvre.
On vendra avec ce numéro les 120 clichés.

125. RABELAIS. Supplément aux œuvres de Rabelais. Les Songes drolatiques de Pantagrvel, où sont contenues plusieurs figures de l'inuention de maistre François Rabelais : et derniere œuvre d'iceluy, pour la recreation des bons esprits. 120 gravures en bois. Avec une introduction et des remarques par E. T. *Paris*, 1869. Seconde édition (du format in-8 dit carré), avec le double titre *Supplément aux œuvres de Rabelais*, br.

Papier vergé.......... 276 exempl.
Papier vélin Whatman.. 37 —
Vérit. pap. de Chine fort. 32 —

Complément indispensable de toutes les éditions des œuvres de Rabelais du format in-8.

126. —— Le même ouvrage. Troisième édition. *Paris*, 1869. Pet. in-8 (écu), br. (847 exemplaires.)

Ce tirage, qui peut se joindre à toutes les éditions des œuvres de Rabelais, pet. in-8 ou gr. in-12, a été fait sur *beau papier vélin*. On n'en a pas tiré des exemplaires sur papier vergé ou papier de Chine.

127. RENOUARD. Annales de l'imprimerie des Estienne, ou Histoire de la famille des Estienne et de ses éditions. Seconde édition. *Paris*, 1843. In-8, broch. (51 exemplaires.)

128. ROLLE ET DE MONTAIGLON. Les Tableaux et les statues de Lyon au XVIIe siècle, par J. de Bombourg, Lyonnais. Avec un extrait de la Description de Lyon d'André Clapasson. *Paris*, 1862, in-8, broch. (9 exemplaires.)

129. RONDEAULX D'AMOUR (Cent cinq), publiés, d'après un manuscrit du commencement du XVIe siècle, par Edwin Tross. *Paris*, 1863. *Imprimerie de M. Louis Perrin, à Lyon.* Un vol. pet. in-8, avec *fac-simile*, br. (24 exemplaires.)

Volume imprimé en caractères italiques, en rouge et en noir, réglé, exécuté d'une manière particulière ; une des plus belles productions des presses de M. Louis Perrin. C'est le premier ouvrage qui ait été exécuté dans ce genre.

Charmant roman d'amour : la dame, femme mariée, meurt de chagrin, et l'amant se retire dans un couvent.

SAGARD. Histoire du Canada et voyage que les Frères mineurs Recollets y ont faits pour la conuersion des infideles, divisez en quatre liures, où est amplement traicté des choses principales arriuées dans le pays depuis 1615 jusqu'à la prise qui en a esté faicte par les Anglois; avec un Dictionnaire de la langue huronne. Nouvelle édition, publiée par Edwin Tross, avec une notice sur Gabriel Sagard Théodat. *Paris*, 1864-66. 4 vol. in-8, brochés.

Ier vol. pap. vélin......	396	exempl.
— pap. de Hollande	30	—
IIe vol. pap. vélin......	401	—
— pap. de Hollande	30	—
IIIe vol. pap. vélin......	396	—
— pap. de Hollande	24	—
IVe vol. pap. vélin......	460	—
— pap. de Hollande	29	—

L'édition originale de cet ouvrage important est d'une rareté excessive. La nouvelle édition, d'une exécution typographique remarquable, est imprimée en caractères antiques.

131. —— Le Grand Voyage du pays des Hurons, situé en l'Amérique, vers la mer douce, ès derniers confins de la Nouvelle-France dite Canada, par Gabriel Sagard Théodat. Avec un Dictionnaire de la langue huronne. Nouvelle édition, publiée par Edwin Tross. *Paris*, 1865. 2 vol. in-8, front. grav. br.

Ier vol. pap. vélin......	360	exempl.
— pap. de Hollande	30	—
IIe vol. pap. vélin......	347	—
— pap. de Hollande	18	—

132. —— Dictionnaire de la langue huronne, par Gabriel Sagard Théodat, recollet de Saint-François, de la province de Saint-Denis en France. *A Paris, chez Denis Moreau, rue S. Jacques à la Salamandre d'argent.*

M.DC.XXXII. Auec priuilege du Roy. Réimpression figurée, gr. in-8, br. (60 exemplaires.)

Tirage à part à 66 exemplaires, tous sur grand papier de Hollande ancien.

133. SAVONAROLA. Salmo recato in italiano de Nicolo Tom-
masco, col testo a fronte, corretto secondo il codice Mag-
liabecchiano 90 cl. xxxv. *Firenze,* 1862. In-8, pap. vél.
broch. (4 exemplaires.)

134. SERRURERIE, ou les Ouvrages en fer forgé du moyen
âge et de la renaissance, par I. H. de Hefner-Alte-
neck. 84 planches gravées en taille-douce. Édition française, publiée par M. Edwin Tross. Avec une introduction et un texte explicatif traduit par M. Daniel Ramée.
Paris, 1870. Gr. in-4, dans trois cartons en toile anglaise.

Ier fascicule	pap. vélin..........	182	exempl.
—	pap. vélin Whatman.	36	—
IIe —	pap. vélin..........	185	—
—	pap. vélin Whatman.	39	—
IIIe —	pap. vélin..........	183	—
—	pap. vélin Whatman.	37	—

En demi-rel. maroq. tête dor. 6 exemplaires, plus 27
exemplaires du texte français.

L'ouvrage, qui s'adresse aux antiquaires, aux architectes et à toutes les
personnes qui s'occupent des arts du moyen âge, est le plus beau qui ait
paru dans ce genre. Il a été tiré à petit nombre.
Ce n'est pas une de ces compilations vulgaires comme on en public de nos
jours. Chaque objet représenté a été dessiné par M. de Hefner d'après nature,
et des graveurs intelligents l'ont aidé à reproduire les véritables types des originaux. L'exécution typographique du texte est d'un goût et d'un luxe peu
communs.

REITZSAURWEIN. Der Weiss Kunig. Tableau des
principaux événements de la vie et du règne
de l'Empereur Maximilien Ier. Gravures en
bois exécutées d'après les dessins de Hans
Burgkmaier. Supplément : 8 planches qui manquent dans

les éditions de 1775 et 1799, copiées par Johannes Schratt. *Paris,* 1867. In-fol. br.

Papier de Hollande .... 214 exempl.

Ce supplément, exécuté par un artiste de talent, est indispensable aux possesseurs des deux éditions mentionnées ci-haut. Il a été tiré à très-petit nombre et les planches ont été effacées.

136. Typus mundi in quo ejus calamitates nec non divini humanique amoris antipathia olim proposita a R. R. C. S. I. A. *Dilingæ, Bencart,* 1697. In-12, 140 pages, broch. non coupé. (84 exemplaires.)

Volume orné de 33 jolies gravures emblématiques en taille-douce. Le texte est en français, latin et allemand.

Arnhagen (A. de). Das wahre Guanahani des Columbus. *Wien,* 1869, gr. in-8, carte, broch. 6 exemplaires.

138. —— Sull' importanza d'un manoscritto inedito della bibliotheca imperiale di Vienna, per verificare quale fu la prima isola scoperta dal Colombo, ed anche altri punti della storia della America. *Vienna,* 1869. Gr. in-8, carte broch. (7 exemplaires.)

139. —— Da litteratura dos livros de cavallarias, estudo breve e consciencioso. Com algunas novidades acerca dos originaes portuguezes e de varias questões co-relativas, tanto bibliographicas e linguisticas como historicas e bibliograficas, et um fac-simile. *Vienna,* 1872. — Supplemento. *Vienna,* 1872. In-12, rel. et broch.

140. —— Os Indios bravos, e O. Sr. Lisboa, Timon 3° pelo autor da « Historia do Brazil ». Lima, 1867. Pet. in-4, broch. (6 exemplaires.)

141. Viator. De Artificiali Perspectiva. Pinceaux, burins, acuilles, lices. Pierres, bois, métaulx, artifices. *Impres-*

sum Tulli, anno 1509. *Solerti opera Petri Jacobi presbyteri, incole pagi Sancti Nicolai.* In-fol. goth. rel. en toile, non rogn. (174 exemplaires.)

Reproduction (à l'exception de la notice en caractères mobiles) par le procédé de M. Pilinski.

M. de Montaiglon a ajouté une intéressante notice sur Viator et son livre.

Cet ouvrage est remarquable par les belles gravures dont il est orné. C'est le premier livre français qui ait paru sur les arts du dessin et de la perspective. Publié en Lorraine, en 1509, il est essentiellement français. L'auteur est Angevin, et tous les monuments qu'il reproduit appartiennent à la France, et même en grande partie à Paris. Nous citerons entre autres : l'intérieur de Notre-Dame, la salle des Pas-Perdus, la salle du Parlement, la Sainte-Chapelle.

Viator (Pèlerin), venu à Toul vers 1500, a été chanoine de la cathédrale de cette ville.

142. —— Notice historique et biographique sur Jean Pèlerin, dit Le Viateur, chanoine de Toul, et sur son livre : *De artificiali perspectiva,* par Anatole de Montaiglon. *Paris,* 1861. Gr. in-8, avec 2 grandes planches, rel. en toile, non rogn. (162 exemplaires, plus 6 exemplaires tirés du format in-fol.)

Le texte qui accompagne la reproduction de la Perspective de Viator a été tiré du format in-folio.

143. VIRGILII Opera. Œuvres de Virgile, traduites en vers français par Tissot (Bucoliques) et Delille (Géorgiques et Énéide); en vers italiens par Arici et Annibal Caro; en vers anglais par Warton et Dryden; en vers allemands par Voss (texte latin en regard, d'après Heine). *Paris et Lyon,* 1838. Très-grand in-8, cart. non rog. (*Publié à* 75 *fr.*)

Papier vélin............   5 exempl.
Papier de couleur format
  in-4 (publié à 350 fr.)..   11   ——

ERNERUS ROLEVINCK de laude veteris Saxoniæ nunc Westphaliæ dictæ, ed. et germanice vert. L. Tross. *Coloniæ,* 1865. In-8, broch. (4 exemplaires)

 ARCO DEL VALLE y Sancho Rayon. Ensayo de una bibliotheca española de libros raros y curiosos formada con los apuntamientos de D. B. J. Gallardo. *Madrid*, 1863-66, 2 vol. gr. in-8, broch. (5 exemplaires.)

Tout ce qui a paru de cette excellente bibliographie.

FIN.